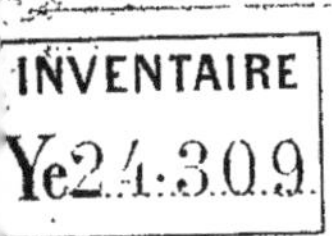

CINQUANTE ANS !

POÈME JUBILAIRE EN TROIS VIVATS

DÉDIÉ

LE JOUR DE SES NOCES D'OR

à

MONSEIGNEUR

MARIE - THÉODORE RATISBONNE

FONDATEUR SUPÉRIEUR GÉNÉRAL DES PRÊTRES ET DES SŒURS

DE NOTRE-DAME DE SION

PAR

L'ABBÉ CHARLES DE HUMBOURG

PRIX : UN FRANC

AU BÉNÉFICE

DES PRISONNIÈRES REPENTANTES DE SAINT-LAZARE

PARIS

BERCHE ET TRALIN, LIBRAIRES-ÉDITEURS

69, RUE DE RENNES, 69

1881

L'AN DE GRACE M DCCC LXXXI

LE VI JANVIER

FÊTE DE L'ÉPIPHANIE

JOUR DE SES NOCES D'OR

HOMMAGE POÉTIQUE

à

MONSEIGNEUR

MARIE-THÉODORE RATISBONNE

EX-PROFESSEUR AU PETIT-SÉMINAIRE DE STRASBOURG

CHEVALIER DE L'ÉPERON D'OR

ANCIEN SOUS-DIRECTEUR DE L'ARCHICONFRÉRIE
DE NOTRE-DAME DES VICTOIRES

FONDATEUR SUPÉRIEUR GÉNÉRAL DES PRÊTRES ET DES SOEURS
DE NOTRE-DAME DE SION

CHANOINE HONORAIRE DE STRASBOURG ET DE BORDEAUX

PREMIER DIRECTEUR DE L'ARCHICONFRÉRIE
DES MÈRES CHRÉTIENNES

MISSIONNAIRE ET PROTONOTAIRE
APOSTOLIQUE

AU NOM DE SES ÉLÈVES RECONNAISSANTS

PAR

L'ABBÉ CHARLES DE HUMBOURG

CHEVALIER HÉRÉDITAIRE DU SAINT-EMPIRE ROMAIN
ANCIEN SUPÉRIEUR DU COLLÉGE LIBRE ET CATHOLIQUE DE STRASBOURG
PREMIER AUMÔNIER DE SAINT-LAZARE A PARIS
MISSIONNAIRE APOSTOLIQUE

AU LECTEUR.

On peut dire, sans exagération, que le monde catholique connaît, aime et vénère le Père Marie-Théodore RATISBONNE, prêtre comblé par Dieu des plus précieuses faveurs. Aussi tout ce qui regarde ce digne vétéran du sacerdoce est vraiment d'un intérêt général. C'est dans cette pensée que nous rappelons trois anniversaires successifs, qui ont apporté providentiellement une large compensation aux peines de notre maître et ami.

Le 28 décembre 1880, Mgr Ratisbonne, récemment créé prélat romain par Sa Sainteté Léon XIII, avec le titre et les insignes de *protonotaire apostolique*, avait 78 ans; le 6 janvier 1881, il célébrait le jubilé demi-séculaire de sa première messe; le 20 janvier, il voyait le 39e anniversaire de la conversion miraculeuse et féconde de son frère le R. Père Marie-Alphonse.

Naturellement les deux autres dates concentrèrent leur solennité dans les NOCES D'OR du 6 janvier.

Cinquante ans se sont écoulés depuis le jour où l'abbé Marie-Théodore gravissait les marches du Saint Autel, à l'église paroissiale de Saint-Jean de Strasbourg, assisté par M. l'abbé Bautain, son père spirituel. Aujourd'hui, à 7 heures du matin, assisté par le R. P. Courtade, son fils spirituel, Monseigneur Marie-Théodore célèbre la Sainte Messe dans le splendide sanctuaire de Notre-Dame de Sion, à la Maison-Mère des Sœurs, ses filles spirituelles, rue Notre-Dame-des-Champs, 61, à Paris. Là, tout est paisible, chaque pierre de cette chapelle est un *ex-voto*. Mgr Sivet, prélat romain, des curés, des religieux, des professeurs se pressent autour de l'autel. La nef est remplie par les essaims de religieuses, civilement autorisées, qui surveillent pieusement de nombreuses élèves, émues d'un spectacle si édifiant et si rare. Presque toutes ont communié à une messe plus matinale.

Après l'évangile, M. le chanoine Cognat, curé de la paroisse, développe, dans les élans d'une éloquence vraiment pastorale, la grandeur du prêtre, ministre de Jésus-Christ et apôtre du monde. Pour terminer son discours magistral, sans blesser l'humilité du prélat jubilaire, il retrace ses vertus en résumant ses travaux. Pendant le Saint Sacrifice, des voix d'une puissance et d'une pureté angéliques, les voix des filles de Sion retentissent en chants de reconnaissance envers Marie et le Dieu trois fois Saint.

L'orgue, sortant des ateliers de M. Cavaillé-Coll, est dignement inauguré dans ce jour de fête exceptionnel. Il fait éclater ses plus beaux accents sous les mains savantes de M. Andlauer, organiste de Notre-Dame-des-Champs.

On sent que Dieu est bien près. On sent que Marie distribue ses grâces maternelles au nom de son adorable Fils.

A 9 heures, Messe et Sermon sur le mystère du jour. M. l'abbé Ch. de Humbourg explique en quelques mots les rapports de la conversion et des travaux du prêtre éminent avec le pèlerinage et le retour des Rois-mages. Beaucoup de mères-chrétiennes s'approchent de la Sainte Table.

A 11 heures, Mgr Ratisbonne, suivi de plusieurs prêtres, se rend à la grande salle des Exercices du Pensionnat. Des jeunes filles, de différentes classes, débitent avec autant de modestie que d'entrain, plusieurs dialogues faits pour la circonstance. Puis des chants joyeux sont enlevés avec ardeur et ensemble. La séance est couronnée par une allocution du bon Père, qu'il prononce avec cette fine bonhomie, charme ordinaire de ses entretiens.

A midi, heure alsacienne, a lieu, dans un parloir, le banquet où s'assoient le R. P. Pététot, supérieur de l'Oratoire; un Père Jésuite; plusieurs Pères de Sion; MM. Grandvaux et Bieil, de Saint-Sulpice; M. le chanoine de Broglie; MM. les curés Cognat, Olmer, Mertian; M. le professeur abbé Faveret. Parmi les convives on remarque deux laïcs, M. Claudius Lavergne, le célèbre peintre-verrier, rédacteur de *l'Univers*, et M. Achille Ratisbonne, frère du prélat, chevalier de la Légion d'honneur, ancien conseiller municipal de Strasbourg, où il a laissé le souvenir d'un administrateur aussi intelligent que bienveillant.

Au dessert, celui qui écrit ces lignes, prit la parole pour lire un petit poëme en trois vivats, au nom des enfants d'Alsace. Le prêtre jubilaire répondit par le commentaire chaleureux de la parole du Sauveur, qui promet déjà le centuple sur terre à ceux qui abandonnent leur famille pour l'amour de Dieu. « Non-seulement, dit-il, j'ai trouvé beaucoup de frères bien-aimés, beaucoup de sœurs et d'enfants à chérir, mais j'ai retrouvé les frères que j'avais quittés. Vous en avez la preuve sous les yeux. »

Après cette effusion de charité chrétienne, il n'y avait plus qu'une chose à faire, c'était de remercier solennellement Dieu par Marie, de tant de joie, si douce et si pure.

Un Salut, où l'on déploya toutes les pompes de l'Eglise mit fin à la journée. Il fut donné par Mgr Ratisbonne pendant que M. Vidor, l'habile organiste de Saint-Sulpice, touchait l'orgue. Puis le prélat fit ses adieux aux invités, en les priant d'accepter comme souvenir de ses Noces d'or, une belle image de l'éditeur Schulgen, représentant saint Jacques et saint Jean, appelés à l'Apostolat par Notre Seigneur. Heureuse et touchante allusion à la conversion et à la vocation sacerdotale des deux frères Ratisbonne, enrôlés depuis longtemps sous l'étendard de Notre-Dame de Sion, dans la milice de Jésus.

En terminant ce récit, je demande l'indulgence du public pour mon petit poëme. Quand on parle en vers d'un Ratisbonne, il faut se rappeler que ce nom est hautement porté par l'un des plus brillants poëtes de notre époque, M. Louis Ratisbonne, neveu du vénérable personnage dont j'essaie de chanter les travaux. Mon excuse est dans le tribut de gratitude offert à un ancien maître et à ses collègues; mon excuse est aussi dans l'aumône que je sollicite en faveur de grandes infortunes, quelquefois imméritées, et dont le prêtre seul reçoit la navrante confidence.

Les fidèles, attachés à Mgr Ratisbonne par les liens de la piété, ne refuseront pas leur obole aux âmes malheureuses, bien en droit de se prévaloir d'un jubilé solennisé par l'ancien Directeur de l'*Archiconfrérie de Notre-Dame des Victoires pour la conversion des pécheurs*.

L'abbé Ch. de HUMBOURG.

CINQUANTE ANS!

POÈME JUBILAIRE EN TROIS VIVATS

L'AUTEL — LA CHAIRE — SION

I

L'AUTEL

C'ÉTAIT le jour des Rois, un prêtre allait, songeant
A son indignité, vers l'église Saint-Jean,
Vaste nef que fait voir au loin sa campanille
Où la cloche, en chantant, se mire aux flots de l'Ille [1].
Son esprit et son cœur pour Dieu s'étaient parés.
Il venait de bien loin, il venait de bien près.
De près,.... car ses parents étaient de cette race,
Qui jadis du Messie a jalonné la trace,
Qui pendant deux mille ans a porté dans sa main
Le trésor réservé pour le grand lendemain,
Qui nous donna Moïse et David et Marie,
Race, en un jour de deuil, par sa faute, tarie.

---

[1] L'église Saint-Jean, où Mgr Théodore Ratisbonne a célébré sa première Messe, le 6 janvier 1831, est bâtie sur le bord de la rivière de l'Ille, qui, après avoir traversé l'Alsace et la ville de Strasbourg, se jette dans le Rhin. — Pour les mots *vivats* et *campanille* nous avons suivi l'orthographe du dictionnaire de l'Académie.

Donc il venait de loin...... Cherchant la Charité,
Il avait rencontré l'auguste Vérité [1].
Il ouvrit ses deux yeux à la Foi catholique,
Vit l'accomplissement de la Promesse antique,
Embrassa le vrai Christ, et le Christ en retour
Lui prodigua les feux de l'éternel Amour.
Heureux de son salut, il veut sauver les autres,
Suivre fidèlement les pas des grands apôtres,
Chaque jour dépouiller ce qu'il a de mortel,
Monter, en pénitent, les marches de l'Autel,
Dans sa joie, élever le tout-puissant Calice,
Renouveler d'un Dieu le fécond sacrifice,
Crier à tous les Saints, nos heureux précurseurs :
« Je suis de votre sang et nos âmes sont sœurs. »
Avant de dérober au Ciel le grand Mystère,
Il demande à Marie un doux pardon de mère.
Quand il a consacré le corps du Rédempteur,
Quand maître de son Maître et de son Créateur,
Il dit : Voici ton Fils — à l'adorable Père,
Dans son être tout croit, tout aime, tout espère.
Alors il communie, et comblé de bonheur
Il sent l'Amour suprême et le suprême Honneur.

---

[1] Pour services rendus à la Ville et par décision du Sénat, la famille Cerfbeer, à laquelle appartenait la mère de Mgr Ratisbonne, était, avant la grande Révolution, la seule, parmi les familles juives, admise à demeurer dans l'intérieur de Strasbourg. Les autres Israélites devaient se cantonner à une demi-lieue de la ville, dans Bischheim (ville l'Evêque), ancien domaine de l'Église de Reims, donné à saint Remy, par Clovis, le jour de son baptême, en mémoire de la défaite des Alemans, qui eut lieu sur ce territoire et non pas à Tolbiac. Jeune avocat, investi d'une certaine autorité morale par la haute situation de sa famille, Théodore Ratisbonne entreprit, avec quelques amis, la régénération intellectuelle de ses co-religionnaires, en fondant pour eux une école gratuite d'adultes. Ces travaux attirèrent l'attention des hommes d'élite, et surtout les encouragements de M. l'abbé Bautain, l'éminent professeur de Philosophie, à l'Académie de Strasbourg. De là des entretiens suivis, où l'on aborda la question religieuse, et qui finirent par la conversion de M. Ratisbonne et de ses collaborateurs israélites, MM. Goschler, Jules Lewel et Nestor Lewel. Ces quatre néophytes furent plus tard élevés au sacerdoce par Mgr Lepappe de Trévern, évêque de Strasbourg, habile controversiste, connu dans le monde théologique par sa *Discussion amicale*.

Prêtre de l'Évangile, enfant de la Promesse
Ainsi fut Théodore à sa première Messe.
L'église de Saint-Jean était son Bethléem.
Jadis les chevaliers nés à Jérusalem,
Avaient construit ce temple, où prêtre israélite
Théodore, par Dieu, de leur mandat hérite [1].
Le lendemain, il vole à ce grand monument,
Du pieux Moyen-âge éternel testament,
Par Strasbourg — cathédrale élevée à Marie,
Échelle de Jacob d'où l'on voit la Patrie.
Théodore y célèbre, à l'ombre de la croix,
Son amour pour Marie, et rangé sous ses lois
Il déclare à Satan la plus terrible guerre.
Caché sous le manteau de la meilleure mère
Il reste son enfant, devient son champion.
Dès ce jour le voilà bon prêtre de Sion.
Dans ses loisirs, chercheur au trésor catholique
Il s'attache à Bernard, le héros monastique
Serviteur de Marie, orateur..... soulevant
Nos barons pour sauver les trésors du Levant.
Il scrute cette vie, il écrit son histoire,
Et mariant son nom à cette antique gloire,
Il est fait chevalier par le Pontife-Roi [2].
La plume est une épée à qui défend la foi.

---

[1] L'église de Saint-Jean, jusqu'en 1790 commanderie de Saint-Jean de Jérusalem, était, en 1831, la paroisse de M. Ratisbonne; car il demeurait avec M. l'abbé Bautain et ses amis, rue de la Toutsaint, dans la maison de mademoiselle Humann. Sœur du Ministre des Finances, et de Mgr Humann, évêque de Mayence, nièce de Mgr Colmar, prédécesseur de Mgr Humann sur le siége de saint Boniface, cette personne, aussi instruite que pieuse, avait, sous la direction de ces deux prélats, fondé à Mayence un pensionnat, où les filles des meilleures familles du pays reçurent l'éducation la plus distinguée. Elle fut l'instrument de la Providence dans la conversion de M. Bautain et de ses disciples, et les chérit d'un amour saintement maternel.

[2] S. S. Grégoire XVI fit M. Théodore Ratisbonne chevalier de l'Eperon d'or pour son *Histoire de saint Bernard*, dont *les Moines d'Occident*, de Montalembert, sont la préface naturelle. Elle a plusieurs éditions. La seconde, dédiée à M. Alphonse Ratisbonne, est datée du premier anniversaire de sa conversion, le 20 janvier 1843. L'auteur lui rappelle l'efficacité du *Memorare*.

Ce chef-d'œuvre bientôt reçut un autre hommage,
Le grand Montalembert songeait au même ouvrage ;
Mais quand il lut ce livre, il sut, en lui cédant
Le terrain, nous donner *les Moines d'Occident*.
Mil huit cent trente-et-un vit la forte jeunesse
De notre ami fêter, avec sainte allégresse,
Ses noces de prêtrise à l'autel de Saint-Jean.
Dans la vigueur de l'âge, à ses noces d'argent,
Il fondait dans Paris son œuvre apostolique.
Aujourd'hui NOCES D'OR ! Presque paralytique,
Mais l'esprit vif et sain, il domine avec cœur
Les assauts du dehors, et ceux de la douleur.
Alphonse par un don, résumant leur histoire,
Les grâces du Sauveur et sa double victoire,
De Bethléem, jadis berceau du pain divin,
A son cher frère envoie et l'hostie et le vin[1].
Dieu sait tout rapprocher ! Autrefois solitaire,
Théodore en priant pleurait le réfractaire.
A l'autel aujourd'hui, les deux fils de Juda
En Jésus ont changé les doux fruits d'Ephrata.

**

Cinquante ans ! Cinquante ans, à l'horloge du monde,
C'est une demi-heure, et Dieu la rend féconde
A l'autel, dans la chaire, enfin au saint berceau,
Où Marie à Sion donne un ordre nouveau.
Cinquante ans ! Cinquante ans ! C'est longtemps sur la terre ;
C'est peu pour des enfants qui conservent leur père.

VIVE MONSEIGNÉUR THÉODORE RATISBONNE

A L'AUTEL!

---

[1] Le R. P. Marie-Alphonse Ratisbonne, supérieur des maisons que l'ordre de Notre-Dame de Sion possède en Palestine, s'est fait un plaisir vraiment fraternel d'envoyer à Mgr Théodore Ratisbonne, à l'occasion de sa Messe jubilaire, des hosties confectionnées avec du froment de Bethléem, et du vin provenant des vignes de ce territoire sacré, que la Sainte Ecriture appelle aussi Ephrata.

II

LA CHAIRE

Sans autel pas de Dieu. Dieu veut aussi la chaire
Pour relever vers Lui l'ignorant terre à terre,
Pour éclairer l'esprit, ressusciter le cœur,
Faire grandir le Christ et le rendre vainqueur.
D'abord à nos enfants la chaire de l'école,
Puis la chaire, où pour tous éclate la parole.
Dans l'âme il faut jeter les premiers fondements
Pour cimenter sur eux les saints commandements.
A ce double devoir Théodore est fidèle.
Partout du Vrai, du Bon il nourrit l'étincelle.
Je le sais ! Cinquante ans depuis le premier jour,
Où prêtre-professeur, il m'aima de l'amour
De Jésus pour l'enfant. Sa suave puissance
S'empara désormais de ma reconnaissance [1] .
Oh ! comme nous l'aimions, quand après le latin,
Il contait doucement, avec un œil malin,
La pieuse anecdote, et quelque parabole
Où Dieu se montre sage et l'humanité folle.
C'était tout plein de vie, et son enseignement
En aiguisant l'esprit visait au sentiment.

---

[1] L'abbé Théodore Ratisbonne débuta par la chaire de Huitième au Petit-Séminaire
de Strasbourg, en 1830.

Quand il nous déroulait les traits d'histoire sainte,
La foi patriarchale en sa face était peinte.
S'il venait à parler de l'aimable Jésus,
Déjà l'on s'estimait au nombre des élus.
Je n'oublierai jamais un de ses chers élèves,
Acteur habituel de mes paisibles rêves,
Kobès le campagnard, que son cœur, ses talents
Plaçaient bien au-dessus des petits turbulents.
Externe, il apportait au Père Ratisbonne,
Du village, une gaule assez longue et très-bonne
Pour caresser le front des lecteurs étourdis,
Menacer les bavards, piquer les endormis.
Plus tard de Liebermann disciple apostolique,
Il porta l'Evangile aux sauvages d'Afrique,
A leur langue barbare il imposa des lois,
Et du Christ dans les cœurs sut imprimer la Croix [1].
Jours heureux, innocents, votre chaste mémoire
Pour moi reste un trésor, pour mon maître une gloire.
A mes péchés d'enfant, il versait le pardon.
Dieu merci ! J'ai compris la grandeur de ce don,
Et plus tard son image, à l'heure où tout se voile,
A plané sur mon cœur, comme la sainte Étoile.
Il cachait son épi dans cette gerbe d'or,
Qu'on croyait moissonnée au sommet du Thabor.
Tous, esprits attentifs aux besoins de ce monde,
Ils disaient à la Foi : Rends la Raison féconde.
Rappelons ces grands noms : le sublime Bautain [2];
Gratry, dont la vertu bridait l'esprit hautain,

---

[1] Mgr Kobès, vicaire apostolique de la Guinée, mort jeune, a publié des ouvrages précieux sur la langue Yoloff. Il appartenait à la congrégation du Saint-Cœur de Marie fondée, puis réunie à celle du Saint-Esprit par le Vénérable abbé Liebermann. On sait que cet israélite alsacien, converti à la suite de son frère le docteur Liebermann, ami du Père Théodore Ratisbonne, est mort en odeur de sainteté. Il est en voie de canonisation.

[2] M. l'abbé Louis Bautain, élève de l'École normale, docteur ès-lettres, en médecine, et en théologie, supérieur du Petit-Séminaire, prédicateur à la cathédrale, professeur

Qui prenait bonne part à nos inquiétudes,
Se mêlait à nos jeux, surveillait nos études,
En classe comme en cour exaltait le vainqueur,
Courrait à nos côtés. On riait de bon cœur
Quand il tombait à terre en voulant forcer barres [1];
Goschler si distingué, l'ennemi des barbares,
L'orateur élégant, le docte professeur,
Pendant plus de vingt ans redoutable censeur,
Dont le profond savoir fut encyclopédique [2];
Les deux frères Lewel, à l'âme sympathique [3];
Le grand et beau baron, Adrien de Reinach,
Rejeton précieux des vaincus de Sempach,
Au camp de Kamiesch, mort en sauvant les âmes [4];
Carl, si tendre et si fort, saint volcan dont les flammes

---

de Philosophie et doyen de la Faculté des Lettres de Strasbourg. Plus tard professeur en Sorbonne et vicaire général de Paris. Penseur éminent, chef de cette troupe d'élite, il contribua beaucoup à la renaissance religieuse de notre siècle et au progrès du patriotisme français en Alsace. Lui et ses élèves, on les appelait : *les Parisiens*.

[1] M. l'abbé Alphonse Gratry, élève de l'École Polytechnique, docteur ès-lettres, professeur au Collége Royal, puis au Petit-Séminaire et à l'Institution de la Toutsaint. Ensuite directeur du Collége Stanislas à Paris, professeur en Sorbonne et membre de l'Académie française. Ses œuvres philosophiques sont dans toutes les mains.

[2] M. l'abbé Isidore Goschler, israélite, licencié en droit, docteur ès-lettres, censeur et professeur de Philosophie au Petit-Séminaire et à la Toutsaint, censeur au Collége de Juilly, enfin directeur du Collége Stanislas. On lui doit une thèse remarquable sur le Panthéisme et une Encyclopédie théologique.

[3] M. l'abbé Jules Lewel, israélite, licencié en droit, professeur au Petit-Séminaire et à la Toutsaint, économe au Collége de Juilly, enfin prélat et supérieur de Saint-Louis des Français à Rome. Son frère, l'abbé Nestor Lewel, d'abord chirurgien à l'armée libératrice de la Grèce, puis professeur au Petit-Séminaire de Strasbourg, à la Toutsaint et à Juilly, enfin chapelain de Saint-Louis des Français.

[4] M. l'abbé Adrien, baron de Reinach-Werth, professeur à la Toutsaint, puis censeur à Juilly. Faisant le pèlerinage des Saints-Lieux, pendant la guerre de Crimée, il apprend à Constantinople que les Français résidant à Kamiesch n'ont pas de prêtre. Il vole à leur secours, et victime de sa charité, meurt de la peste. Il descendait de Jean de Reinach, seul de sa famille, échappé de la bataille de Sempach, où ses six frères furent tués sous la bannière de Rodolphe d'Autriche, le 9 juin 1386. Deux Reinach, l'un commandant de place, l'autre chef des mobiles, ont, dans la dernière guerre, prolongé avec toute l'énergie possible la résistance de la petite ville de Sélestat, sans troupe de ligne et déplorablement armée.

Embrasaient tous les cœurs, dévouement sans égal,
Travailleur sans repos, directeur sans rival [1],
Qui sans cesse insistait pour rechercher les causes
Dans l'homme, dans l'Etat, dans les mots, dans les choses,
Mettant en action les forces, les moyens,
Dès l'enfance faisant de nous des citoyens.
Le latin et le grec, et la langue sanscrite,
Et la langue des Juifs, comme jadis écrite,
L'idiome germain, tout passait sous nos yeux,
Dans le savant cortége où brillaient nos aïeux.
Ainsi tout convergeait vers le Patriotisme
Élevé jusqu'au ciel par le Catholicisme.
Ils étaient purs, savants, humbles, pieux et forts
Ces prêtres dévoués ; à la peine ils sont morts.
Disparus d'ici-bas, debout sur le rivage,
A leur cher Théodore, ils nous font rendre hommage.
Trois, encore avec nous, partagent le bonheur
De leur fidèle-ami : de Régny, doux penseur
Qui jadis dans Strasbourg, à l'école primaire
Installait la logique. Était-il téméraire?
Non! Il put le prouver : la première saison
Où l'enfant a parlé, suppose la raison,
Et naturellement faisant le syllogisme,
De lui-même il essaye à frapper le sophisme [2].

---

[1] M. l'abbé Gustave-Adolphe Carl, docteur ès-lettres et en médecine, avant sa prêtrise professeur d'histoire au Collége royal de Strasbourg, devint directeur du Petit-Séminaire de cette ville, puis fonda en 1834 l'Institution de la Toutsaint où sa méthode se montra dans tout son jour. Les sciences mathématiques, physiques et anthropologiques étaient, dans l'unité puissante de leurs premiers éléments, l'accompagnement naturel des études littéraires. L'exposé raisonné de l'organisme administratif et politique de la France complétait cette instruction *civique*, que perfectionnait encore la présence continuelle, dans les récréations comme dans les études, d'hommes aussi distingués par leur langage et leurs manières, que par leurs vastes connaissances et leurs vertus chrétiennes. Le meilleur programme, c'est le maître éminent. Enfin, M. Carl fut pendant vingt-cinq ans directeur du célèbre Collége de Juilly, près Dammartin (Seine-et-Marne). Il est mort chanoine honoraire de Meaux, sous l'épiscopat de Mgr Allou, que Dieu garde encore longtemps à l'affection de ses ouailles.

[2] M. l'abbé de Régny, déjà prêtre quand il se soumit à l'examen d'instituteur, ouvrit

Mertian le secondait, puis curé de Juilly
Depuis trente-neuf ans, il a planté, cueilli
Le céleste froment pour la Sainte-Famille.
Reste le grand prélat, qui par dessus tous brille,
Cardinal de Rouen, depuis longtemps pasteur,
De la foi — pacifique et grand propagateur.
Prodiguant les leçons de la grande éloquence
Qui retentit depuis dans Rome et dans la France,
Il nous apparaissait, à nous pauvres enfants,
Comme un splendide archange aux accents triomphants [1].
Arrivés de Paris, ou fils de notre Alsace,
A l'entour de la Croix ils choisirent leur place.
Dès lors le saint Amour entrelaçait leurs mains
Pour élever la France, en face des Germains.
OEuvre vraiment française, en dix ans elle donne
Trois vaillants professeurs à la docte Sorbonne,
Bautain, Gratry, Freppel. On dirait que Strasbourg,
De Paris, sur le Rhin, est le savant faubourg.
Le Prussien qui sait tout, ignore cette gloire.
Il ne lui suffit pas de travestir l'histoire,
De voler Charlemagne, et désarmer Clovis,
Pour ranger notre Alsace à son étrange avis.

---

une école primaire, qui devint bientôt la première de Strasbourg par le nombre et les succès des élèves. C'était l'introduction aux études secondaires de la Toutsaint, qui elle-même conduisait aux études académiques, présidées par M. l'abbé Bautain, doyen de la Faculté des Lettres. Dans cette voie on pouvait marcher de l'A B C au doctorat sans changer de direction scientifique et morale. Après avoir présidé longtemps la division des minimes à Juilly, M. l'abbé de Régny est maintenant aumônier de la Maison-Mère des Dames de Saint-Louis, fondée par M. l'abbé Bautain et Mme la baronne de Vaux.

[1] M. l'abbé Henri de Bonnechose, d'abord avocat général à la Cour royale de Besançon, puis professeur au Petit-Séminaire de Strasbourg et à l'Institution de la Toutsaint, ne fit que passer au Collége de Juilly, d'où il se rendit à Rome. Après avoir été, plusieurs années, supérieur de Saint-Louis des Français, il fut appelé successivement aux siéges de Carcassonne et d'Évreux, enfin à l'archevêché de Rouen. Mgr de Garsignie, mort évêque de Soissons, Mgr Mabille, mort évêque de Versailles, Mgr Bataille, mort évêque d'Amiens, se sont aussi, pendant quelque temps, soumis à la direction de M. l'abbé Bautain.

Le Franc était Germain, mais sur la gauche rive
Transfiguré Français, désormais il dérive
Du Gaulois, du Romain. Strasbourg, creuset vivant
A, de ces trois métaux, fait un or fulminant.
Des obus sont tombés dans le creuset antique
Pour changer en plomb vil ce métal authentique.
Erreur! Toujours la France aimera son berceau
Où le cruel Werder trouvera son tombeau.
Sur la gloire d'Omar prenant ton hypothèque
Tu voulus bien brûler notre bibliothèque,
Des dames de Baden tu daignas recevoir
La bible protestante avec un beau fermoir.
Barbare! Tous les feux, que tes canons vomissent,
Ont brûlé du papier. Si les livres périssent,
Le nom de FRANCE, écrit par Dieu dans notre cœur,
Éteint ces feux teutons et vaincra le vainqueur.
La France est au-dessus et du sort et du crime.
Dans la cendre, où périt plus d'une œuvre sublime,
On retrouva brûlant, un long morceau de fer.
O miracle! C'était... le sabre de Kléber[1].
Nos maîtres!... On leur doit des magistrats, des prêtres;
Des soldats. Ils ont fait des héros..... pas de traîtres.
Strasbourg, Juilly, pourront inscrire sur leurs murs.
Les pères, les enfants, tous ces noms seront purs[2].

---

[1] On sait que Kléber fut élevé par un curé de village, entre Saverne et Strasbourg. De là son indignation quand Bonaparte fit, en Egypte, des avances au Mahométisme.

[2] L'Institution de la Toutsaint, fondée par M. l'abbé Carl, fut lors de son départ pour Juilly, mise sous le patronage de Mgr Rœss, évêque de Strasbourg, qui la transforma en Collège libre, l'année 1851. Le premier chef de ce Collège fut M. l'abbé Freppel, plus tard chapelain de Sainte-Geneviève, professeur en Sorbonne et en 1870 évêque d'Angers. Il eut pour successeurs MM. les abbés Dumoulin, Ch. de Humbourg, Pernot de Wilbert, Uhrin. Parmi les professeurs attachés à l'héritage de M. Carl, nous rappellerons M. Wilhelm, plus tard jésuite; le regrettable M. Martin, ancien professeur à l'école des Carmes de Paris, mort supérieur du Collège libre de Colmar; l'intrépide curé de Neuf-Brisach, M. Soehnlin; M. Turillot, curé de Vézelois; le savant M. Gütblin, mort vicaire général de Mgr Dupanloup; M. Uhlen, mort professeur au Petit-Séminaire de La Chapelle; M. Boehlinger, professeur à la Malgrange de Nancy; M. Grünenwald,

Mais en marchant bien droit au chemin de la vie,
On va vite, et bientôt au cœur naît une envie
De secouer le joug d'un doux professorat,
Pour toucher aux labeurs du fécond doctorat,
Qui parle aux hommes faits, qui s'adresse à la femme,
Et de l'apostolat fait palpiter la flamme.
Desgenettes, pasteur accablé sous le poids
Des péchés de son peuple, avait devant la Croix
Cherché Marie et Jean, intercesseurs fidèles,
Près d'un Dieu dont le sang coula pour les rebelles.
Marie à ce bon prêtre ouvre tous ses trésors.
L'Apôtre lui transmet l'Esprit qui fait les forts,
Et de sa main lui donne un brave auxiliaire,
Ratisbonne, homme d'œuvre, homme de la prière.
Théodore obéit, Théodore monta
Sur les pas de saint Jean au divin Golgotha.
Appelé par Marie, à partager ses gloires,
Il devint l'orateur du temple des Victoires[1].
Foudroyant les péchés, il toucha les pécheurs,
Et lança le filet comme les vieux pêcheurs.
On le compte parmi ces prêtres intrépides
Qui pendant trente jours ne laissent jamais vides
Les tribunes de mai. La reine de Sion
S'y présente aux pécheurs pour leur conversion,
Leur montrant chaque rose à sa belle couronne,
Leur prêchant la leçon que cette rose donne,

---

docteur en théologie, ex-professeur de Philosophie au Collége libre de Colmar, et
M. Antzenberger, ancien professeur d'Histoire aux Chartreux de Lyon, tous deux vi-
caires à Paris; M. Rencker, élève de Saint-Sulpice, mort en odeur de sainteté, dont la
Vie a été publiée par M. Rapp, vicaire général de Strasbourg. Ce dignitaire, expulsé par
l'administration Prussienne en punition de son zèle pour l'éducation catholique, est aujourd'hui chanoine de Saint-Denis.

[1] M. l'abbé Desgenettes, curé de Notre-Dame des Victoires, à Paris, institua dans
son église, en 1836, l'archiconfrérie du Très-Saint et Immaculé Cœur de Marie pour la
conversion des pécheurs. En 1840, il admit l'abbé Théodore Ratisbonne à la direction
de cette œuvre, chaque jour plus féconde.

Versant tout son parfum aux cœurs obéissants,
Leur proclamant bien haut ses efforts tout-puissants
Pour former la vertu, pour réparer le crime,
Et comment elle prend les âmes à l'abîme.
Au bout de quelques jours, le bruit court, avec joie,
Que plusieurs convertis sont devenus la proie
De l'apôtre béni. Guidés par ce fanal,
Ils se sont approchés du divin Tribunal,
Ils ont communié. Récompense admirable,
Et pour le prêtre ardent la seule désirable.
De la Terre et du Ciel ses cris sont entendus,
Nos cœurs avec son cœur sont restés confondus.

***

Cinquante ans! Cinquante ans! A l'horloge du monde,
C'est une demi-heure, et Dieu la rend féconde
A l'autel, dans la chaire, enfin au saint berceau
Où Marie à Sion donne un ordre nouveau.
Cinquante ans! Cinquante ans! c'est longtemps sur la terre;
C'est peu pour les enfants qui conservent leur père.

VIVE MONSEIGNEUR

MARIE-THÉODORE RATISBONNE

EN CHAIRE ET A L'AUTEL!

III

SION

Ici tout nous rappelle aux œuvres de Sion.
Dieu donne aux cœurs féconds une vocation,
Qui porte saintement les vœux de la nature
Au monde de la grâce. Une progéniture
Spirituelle invoque, et consacre l'effort
Des plus rudes labeurs jusqu'au jour de la mort.
Abraham du Très-Haut reçoit la confidence,
Et possède dès lors son active présence.
Tel Ratisbonne entend une Voix qui lui dit :
« Béni qui te bénit, maudit qui te maudit.
» Tu seras père..... au Ciel, où je veux que tu brilles
» Au milieu de tes fils, au milieu de tes filles. »
Mais qui sera l'aîné? Qui..... sorti du berceau,
De suite sur l'épaule aura tout le fardeau,
Osera s'écrier : J'ai sa pensée entière,
Je possède son plan, sa volonté dernière?
Marie! Oh! qu'il est grand cet aimable pouvoir,
A vous donné par Dieu! Vous avez le vouloir
Dans votre cœur, et l'acte en votre main royale.
Alors, au gré du vent, une âme bien loyale

Errait, dans ce bas monde. Alphonse avait appris
Avec un grand dégoût, que Théodore, épris
Des grandeurs de Jésus, s'était dans le baptême
Bravement dépouillé de l'antique anathème.
Tout ce qu'il pouvait faire était de l'oublier,
Tandis que le chrétien ne faisait que prier.
A mesure qu'Alphonse ôtait de sa mémoire
Les combats de son frère et sa grande victoire,
Attentive, Marie, amenait, pas à pas,
Le rebelle à ses pieds, mais lui n'y songeait pas.
Tout à coup il y tombe. Entrant Israélite
Dans un temple de Rome, il sort chrétien d'élite.
Il a tout entendu, tout compris, tout scruté.
Évidente est sa foi, son doute est réfuté.
D'amour le cœur déborde, assez pour tout le monde
Coulent les flots sacrés de la source féconde.
Un grand miracle impose un grand engagement [1].
On fondera cet ordre où l'Ancien Testament
Engendre le Nouveau. Puis aux chrétiennes mères
Il faut un point d'appui. Les sermons éphémères
Font bien, mais passent vite. On ne peut, tout instant,
Consulter le bon Père. A l'esprit inconstant
Offrons l'occasion d'aller en confiance
A la Sœur toute à Dieu. Sa douce expérience,
Sa vertu, sa prière, ont le mot qui remet,
Qui panse la blessure et console et promet.
Ces Sœurs élèveront les filles catholiques
Dans l'esprit de l'Eglise et les vertus antiques [2].

---

[1] Un des plus grands miracles de l'ère moderne est la conversion subite de M. Alphonse Ratisbonne, faite par la Reine des Cieux le 20 janvier 1842, dans l'église Saint-André, où le jeune israélite était entré en touriste. D'un geste irrésistible, la statue de la Vierge ordonna silencieusement au promeneur de s'agenouiller devant elle; il se releva chrétien. Son baptême, où prêcha l'abbé Dupanloup, se fit avec solennité. Le monde entier fut rempli des détails de cet événement qui combla de joie l'abbé Théodore.

[2] La fondation de la Congrégation des Prêtres et des Sœurs de Notre-Dame de Sion

Anges gardiens des cœurs, lès Pères veilleront
Au troupeau de Marie. A son ordre, ils iront
Des rives de la France aux déserts de l'Afrique,
Et de la Palestine aux cités d'Amérique.
A peine sont-ils nés, Dieu les mène tout droit
Au pays d'Israël qui leur revient de droit.
Il est touchant de voir sur cette Terre Sainte,
Des sueurs de Jésus encore toute empreinte,
Alphonse, de Sion paisible conquérant.
Comme son divin Maître, il triomphe en souffrant.
Il apprend à souffrir aux sœurs qui se font mères
Pour rendre des enfants les larmes moins amères.
Le torrent de Cédron coule comme autrefois;
Ce n'est rien, car Jésus y passe avec sa croix.
L'arcade de Pilate entend toujours le juge
Qui, prévaricateur, se dément, se déjuge;
Mais le divin silence y domine en vainqueur
Les clameurs de la foule. Elle répète en chœur
« Vive le Barabbas! Mort au Fils de Marie! »
Toujours le Rédempteur se tait, pardonne et prie [1].
Véronique toujours marche au sanglant chemin,
Les larmes dans les yeux, le suaire à la main.
Tu peux chanter, Alphonse, avec grande allégresse
Le saint *Magnificat,* dans ta verte vieillesse.

---

est la conséquence providentielle du miracle de 1842. Les sœurs possèdent sept maisons en France, cinq en Angleterre, trois en Moldavie, trois en Turquie, trois en Palestine, une en Égypte et deux à Costa-Rica dans l'Amérique centrale. La fondatrice fut, en 1842, Mme Stouhlen. La supérieure actuelle est Mme Valentin, sœur Rose. Toutes deux, nées à Strasbourg, elles ont groupé autour de Notre-Dame de Sion de nombreuses religieuses, dont plusieurs alsaciennes et quelques israélites. Un décret du 8 septembre 1863, approuve cet Institut. L'Association des Mères chrétiennes est comme un tiers-ordre de Notre-Dame de Sion. Bénie par Pie IX, en mars 1851, sur la recommandation du Père Théodore Ratisbonne, prêchant alors à Rome, installée à Paris, dans le sanctuaire de Notre-Dame de Sion, en 1853, érigée en archiconfrérie, le 11 mars 1856, elle compte par centaines de milliers ses adhérentes dans l'univers chrétien.

[1] La Congrégation de Notre-Dame de Sion occupe à Jérusalem l'arcade de l'*Ecce Homo.*

Rome t'a converti, tu trouves dans Sion
Le beau couronnement de ta vocation :
Tous ces enfants d'Agar ramenés à Marie,
Ces membres de Jésus sortis de Samarie,
Le Ciel plus large ouvert dans ces doux horizons !
Cher ami, de là vient que nous te jalousons.
Ah ! du moins pense à nous, quand montant au Calvaire,
Où Jésus a prié, toi tu fais ta prière !
Strasbourg, Rome, Paris se dressent devant toi,
Offre-les à Jésus. Que Jésus soit leur Roi !
A la Mère de Dieu dis qu'elle nous accorde
Ce qu'elle t'a donné, dans sa miséricorde.
Comme trois autels d'or debout sous un arceau,
Trois œuvres dans un cœur ont trouvé leur berceau.
A Marie est ce cœur, Sion est leur devise,
Le Christ est leur grand Dieu dans sa divine Eglise.
Trois Papes ont béni le Père fondateur.
Grégoire a commencé. Pie IX approbateur
Des règles de Sion, vint fixer l'héritage.
Léon à Théodore hier rendit hommage.
Depuis plus de trente ans à Strasbourg honore,
Et depuis quarante ans à Rome décoré,
Notre maître a reçu de notre Très-Saint-Père
Le titre de prélat que partout on vénère [1].
Aujourd'hui les accents d'un courageux pasteur [2]
Professeur émérite, et populaire auteur,
Ont saintement loué le Prêtre que Marie
Donne pour ornement à sa triple patrie,

---

[1] M. l'abbé Théodore Ratisbonne, chanoine honoraire de Strasbourg en 1845, chevalier de l'Eperon d'or en 1839, a été créé protonotaire apostolique par Sa Sainteté Léon XIII en 1880, à l'âge de 77 ans.

[2] M. l'abbé Cognat, chanoine honoraire de Paris, missionnaire apostolique, ancien supérieur du Petit-Séminaire de Paris, curé de Notre-Dame des Champs. Sans parler de ses ouvrages plus considérables, rappelons ses *Lettres d'un curé à ses paroissiens*, qui ont un légitime succès.

A l'Eglise, à la France, au peuple d'Israël.
Marie en Isaac changea cet Ismaël.
Maître, persévérez jusqu'à la dernière heure,
L'œil tourné vers Sion, gagnez votre demeure.
Bénissez vos enfants, avant de les quitter.
Leur richesse sera de savoir hériter
De vos humbles vertus, leur gloire de rejoindre
Le chef qui les précède. Ah! bien tard veuille poindre
Le jour où le Seigneur mettra sur votre front
La couronne..... Trop tôt vos enfants pleureront!
Oui, comme saint Martin faites le sacrifice
De rester ici-bas. Pour vous c'est un supplice;
Pour nous c'est une grâce, une force, un secours.
Les beaux jours sont plus longs, les mauvais sont plus courts.
Maître attendez l'année où votre frère Alphonse,
Revenu d'Orient, dira : « Je vous annonce
Mes saintes NOCES D'OR. » Ineffable plaisir,
Seras-tu, Dieu le sait, le don de l'avenir?

*
* *

Cinquante ans! Cinquante ans! A l'horloge du monde,
C'est une demi-heure, et Dieu la rend féconde
A l'autel, dans la chaire, enfin au saint berceau
Où Marie à Sion donne un ordre nouveau.
Cinquante ans! Cinquante ans! c'est longtemps sur la terre;
C'est peu pour les enfants qui conservent leur père.
Mais tout passe, et nous tous arriverons au jour
Où la Foi disparaît avec l'Espoir. L'Amour
Seul reste! Alors! Que Dieu, seul bon, tous nous convie
A l'éternel banquet, dans l'éternelle Vie.

VIVE MONSEIGNEUR

MARIE-THÉODORE RATISBONNE

A L'AUTEL, EN CHAIRE ET DANS SION!

BAR-LE-DUC, IMPRIMERIE CONTANT-LAGUERRE.